佐藤延重句集

Satou Nobushige

蟬時雨

ふらんす堂

蜱時雨／目次

何がさて —— 5
産業廃棄物 —— 49
墓が足りない —— 83

句集　蟬時雨

何がさて平和を願う初山河

近道は墓地を横切る蟬時雨

蟬時雨湯島天神おんな坂

いんにが二にはち十六蟬時雨

泣いている蟬の時雨の降る下で

蟬が逝く六根清浄六根清浄

野良猫のむくろを寝せる鶏頭花

白髪に木槿の花を挿して君

立葵はかない夢に咲いている

小野小町生歿未詳ねむの花

いぬふぐり死んで私は星になる

明日から国会議事堂夏休み

薬味添え柩のかたち冷や奴

組板に鯖が一体不発弾
平和ボケ伸びて輪ゴムの昼寝かな

東京は夢を商う虹を売る

憧れは例えば夏のちぎれ雲

少年に初恋の痛み遠い夏

少年やのうぜんかずら散り急ぐ

少年が別れに振った夏帽子

さようならサランラップで捲いた夏

渋谷スクランブル交差点夕立

百年の旅人のように夕立

夕立を止むまで待って日が暮れて
夕立が止んで散り散り散りぢりに

牧柵にもたれて遠く夏の雲

蜩が日暮に鳴いた帰ろうね

つくつくしつくつく法師もう鳴くな

つくつくしつくつく法師もう帰ろ

月天心三途の川を渡る舟

十三夜旧中山道宿場町

横浜《ハマ》港に出て行く船の霧笛きく
霧深しレインコートの襟をたて

ある者は懺悔のかたち霧を行く

森閑とこの四次元を雪は降る

母を寝せ父を寝かせて雪は積む

乳首吸う恥部に舌する細雪

三つ指の越後つついし雪女郎

雪女マッチを売る子寒かろう

八十路来て秋の河原に石を積む

認知症なるを病む妻日向ぼこ

病む妻の汚物を洗う凍てる指

振り上げた拳をとどむ寒の汗

死んでくれたほうがまし冬銀河

病む妻と同行二人冬うらら

春風とラリルレラララランララン

春四月右心房左心房全開

春の山パピプペポポポパピプペポ

微笑んで眠る嬰児春の雨

誰か来る春の時雨の雨の中
手土産に春告草の紅と白

早春のカフェのテラスに妹《いも》を待つ

亀は鳴き蚯蚓は踊る八十路かな

神様にアクビ移して春の暮

わたくしは方向音痴春の暮

またいつかリラの花咲くその頃に

自衛隊立川駐屯地晩夏

生き残って兵士の無口敗戦忌

喪の服を漁る姦の眼ひでり夏

窓際の窓際族の背に西陽
人心の荒れて荒れ地の八重葎

真ん中は愛《かな》しいですね秋の空
端っこも愛しいですな秋の空

健やかに爽やかに十月の空

遊夢童子享年二歳墓洗う

伽藍まで落葉枯葉をふみしめて

京浜重工業地帯立冬

病棟を出て暮れ残る冬の街
手探りにスイッチを押す冬ともし

どこやらで貧乏ゆすり寒いねぇ
振り向いてだあーれもいない空ッ風

春愁い故国敗れて山河あり

心《しん》の戸の小窓をあけて春愁い

春愁い雨のあがりを待ちながら

頬杖で巡る旅路も春愁い

春愁い今日はどこまで行くのやら

天上も花どきですかお母さん

是非もなく染井吉野が散り急ぐ
散る花を舟のかたちの掌《て》に包む

人の世の出会いと別れ桜舞う
梅を待ち桜を待って一世かな

*

産業廃棄物の山　墓である

母さんが僕を呼んでる夏の日の暮
父さんが酔いつぶれてる夏の日の暮

不愛想は亡き父に似る蟬時雨

負けん気は亡き母に似る蟬時雨

両親はあの世に在す曼珠沙華

やがて秋僕は無帽のはぐれ雲

秋の日が暮れる僕は途方に暮れる
僕を無視五歳の指に赤トンボ

しゃっくりの口に手をやる秋の暮

口笛を吹いて帰ろ秋夕焼

七月の若き狙撃者の黒髪

眼の病いか心《しん》の病いかサングラス

やませ吹く北米ラストベルトエリア

新緑を行く僕の眼は緑色

行く夏を県境の橋で見送る
常連がまたひとり逝く風の盆

背伸びして夫《つま》に手を振るまつり髪
下町にソイヤソイヤの神輿行く

女衆もラッセイラッセイ神輿練る
一年を待って二日の祭ゆく

ササ踊れエージャナイカエジャナイカ

ササ踊ろ阿呆も利口もササ踊ろ

苔むして英霊の墓セミ時雨

死者が来て水を継ぎ足す軒忍

庭花火終えて義眼の死者帰る

存在にミクロの亀裂秋思くる

哲学の道迷いつつ秋思かな

自死などを思ったことも銀杏散る

秋風が心に入むよ身に入むよ
身に入みて風の便りの風の中

死に別れ生き別れして冬帽子

陽だまりに居場所なき老い冬帽子

冬帽子捨てた母国の子守唄

冬帽子例えばみなし子のように

冬帽子僕のアイデンティティはどこ

指呼の間に煙る国後《くなしり》島雁帰る

鶴帰る亡き母の名は仮名のツル

私は鳥になりたい百千鳥

揚雲雀僕に翼があったなら
踏絵なら僕は踏んじゃう自動ドア

踏みしめて八十八所雲の峰

法螺吹きも吹かれたホラも雲の峰

限りなく近くて遠い雲の峰
そして誰も帰ってこない雲の峰

オーイオーイヤーイヤーイ雲の峰

風鈴や男《お》の子股間に物を吊る

しみじみとヘソは不細工秋夜長
秋夜長ヘソを開いてみたりして

所在なくひとり起きてる秋夜長

真言宗総本山晩秋

十二月キッチンの椅子で溜息

トラックの荷台に積荷十二月

十二月絆創膏を高く貼る

手袋を脱ぎつつ不意に死者の声

マスクして日本列島喪中なり

フェリス女学院キャンパス早春

辞儀に辞儀返して春の南部坂
ブランコの順番を待つ死人達

春はすぐカップ麺は三分待つ
存らえてまた春に逢うありがとう

*

墓が足りない

夏草や銃をかかえて眠る兵

汗を吹き仮設トイレが立っている

五月晴この愛《かな》しみはいずこから
土手に寝て初夏の風に吹かれて

とき色の那覇空港に夏を発つ
孤独死に千の予備軍身に入みる

あれは誰の弔いか六月の雨
降りしきる六月の雨誰か逝く

窓に寄り少女が祈る六月の雨
肩を抱き平家蛍を見せてやる

生命が軽いホーホー蛍ホー蛍

成熟を待たずに落ちて青胡桃

青胡桃にぎりしめれば温かい
人出去り避暑地にもどる地の暮らし

庭花火線香花火をして終わり
入口も出口も枯野かれの道

天高くわれ肥ゆる秋勝手でしょ

クスクスと女が笑うもう秋ですね

野に逝くも家内に逝くも草に露

野に焚火墓に狐火海に漁り火

戴けるならその籠の蕗の薹

こわれものですお大事に蕗の薹

俳諧は平和を願う蕗の薹

手を叩きヨチヨチに檄父子草

駆けてくる子の頰にキス母子草

戦争に勝者はいない虎落《もがり》笛《ぶえ》

月冴えて中村主水仕置人

寒晴やかつ丼を食いたき日なり

どの子にも年齢《とし》の数だけ実南天

僕達は勝利したのか神の留守

老詩人詩に嘘を盛る神の留守

タンスにゴンゴンゴン神様お留守

神の留守新聞休刊日のようで

改めて神の存否を神の留守

メロンパン並んでゲット春の虹

余所行きの春の帽子が欲しいなぁ

無党派の僕に優しく春の雨
傘がない春の時雨を濡れて行く

行く春やエスカレータに僕ひとり

遥かなる野望のごとし春の河

ハムエッグふっくらに焼く春の朝

学問に身が入らない朝寝する

広辞苑まくらがわりにまた朝寝

怠け者またまたまた朝寝またまた朝寝

死者達が僕の眼を捕りさくら狩

死者達の一期一会の花の宴

影武者は墓も名もない蜃楼《かいやぐら》
先頭のあれは影武者蜃楼

極楽へいのちの果てを桜舞う

愚図る子に吹いて回した風車

かざぐるま水子の墓で夜を泣く

唐辛子トントントン辛子トントン辛子

屋根裏に秘密の小部屋パリー祭

時は逝きセーヌは流れパリー祭

今が旬女盛りを藍浴衣

逝く春の仰臥の胸に文庫本

父さんはいつも悪役野の遊び

さくら五分咲き立話四・五分

卒業子春の良き日を巣立ちたり

また春をまた来る春を待ちながら

居酒屋の暖簾たたいて初時雨

居酒屋に傘が駆け込む夕時雨

小夜時雨自動販売機が濡れる

しぐるるを一人で傘をさして行く

軒下を借りて時雨の雨やどり

ヤーイヤーイ佐藤延重放屁虫

秋刀魚焼く佐藤春夫も延重も
黄金虫佐藤延重死んだふり

身は太り心は痩せるひょんの笛

八十路きて辣韮を食いつつ愛し

抜け道を抜けてまた道暮早し
暮早し遠回りしてドン・キホーテ

また明日手を振る子等に日短

日短僕もそろそろ帰らなきゃ

でもあなた何処へ帰るの暮早し

死者達の魂《たま》を鎮めに冬の旅

冬ともし去り行く生命来る生命

孫が居て爺《じじ》婆《ばば》が居て日向ぼこ

アカンベーアッカンベーだ年を越す

咳ひとつ瞬時に消えて夜の底

著者略歴

佐藤延重（さとう・のぶしげ）

昭和14年　秋田県生まれ
平成21年　一行詩歌集『閑話休題』刊行

現住所　〒350-1151　川越市今福1109-5

句集　蟬時雨　せみしぐれ

二〇二三年二月一日　初版発行

著　者——佐藤延重

発行人——山岡喜美子

発行所——ふらんす堂

〒182-0002 東京都調布市仙川町一—一五—三八—二F

電　話——〇三（三三二六）九〇六一　FAX〇三（三三二六）六九一九

ホームページ http://furansudo.com/　E-mail info@furansudo.com

振　替——〇〇一七〇—一—一八四一七三

装　幀——君嶋真理子

印刷所——日本ハイコム㈱

製本所——㈱松　岳　社

定　価——本体二五〇〇円＋税

ISBN978-4-7814-1529-1　C0092　¥2500E